万の枝

MAN NO EDA

Ishida Kyouko

石田郷子句集

ふらんす堂

万の枝＊目次

句集　万の枝

I

そののちの日差うるはし牡丹雪

悲しみも春もにはかに来るらしき

家居して春の埃に驚きぬ

山吹の黄の燦然と径尽きて

春深き公園にある獣道

大瑠璃のこゑに縛されゆくごとし

火柱の見えしと思ふ白雨かな

打水のあとの滴り睡たしや

くうと鳴く猫と暮らせば八月来

一つ灯の中に集ひぬ盆の家

点したる盆灯籠を草に置く

一点の曇りもなくて唐辛子

暗がりに人詰めてをる里祭

古徳利十五夜花を高く挿す

荒鵙に応ふるとほき鄙の鵙

紫蘇の実や暗き処に船箪笥

花蓼や翡翠の色の出水川

いつせいに木の葉隠れを秋の蝶

毒茸のいたく覆されてあり

板敷に寝ぬればまはり出す銀河

さやけさの頬拭はれてゐる子ども

大扉押してつゆけくなりにけり

うはぐすりかからぬところ時雨くる

陶房に犬戻りくる落葉かな

汝に教ふ冬青空といふことば

後れゆく雪折の木々悼みつつ
大鷺のたてばつくづく冬ざるる

枯原を見にゆくといふすれ違ふ
猪のあとか凍土ふつとんで

待春の風の眩しさただならず

Ⅱ

北窓を開くネモフィラ色の空

螺子巻けば楽鳴り出すよ芽吹山

白梅のにじむどんなに見詰めても

冠も烏帽子も失せて弥生来る

階段の裏の長持花の冷

花御堂まばゆき稚児にかしづかれ
きざはしをいたく傾ぎぬ花御堂

春愁の君走り根につまづくな

春荒や悍馬のごとく犬駆けて

はつなつの犬先立ててデイヴィッド

粽解く二階の部屋に風入れて

桑の実に道の汚るる母校かな

多羅葉の花散るころの古木椅子

梅雨深しピアノの上に物積んで
あぢさゐを曲がれば居なくなるごとし

蟻蠓のありありと見ゆくぐりたる
青柿のいつもひつそりかんとして

板の間は素足で歩け秋はじめ

杉山に杉の容や朝の霧

桔梗の映りて黒き公用車

さを鹿の食みゐる草の尖りかな

雨垂れの観覧席や秋祭

もう空が映りぬ秋のにはたづみ

草の花散り敷くといふことのあり

生り捨てのもののいろいろ厄日過ぐ

戸袋に戸がぎつしりや昼の虫

寄せ合へる椅子のまちまち天の川

鹿垣の中なる人のいらへけり

捨てし菜にくがねの花や冬浅し

小雪や踊り場に置く小さき灯

枯葦の色の向かうの丸ポスト

日の差せる小径が見えてをり寒し

一陽来復水底のつばらかに

百合鷗海神のこゑ挙げにけり

倒木の荒々しさよ初暦

午過ぎの全戸翳りぬ寒の梅

望年の空に梢のにじみけり

畝高く立ててあり春待つてをり

Ⅲ

高垣にずつしりと空木の芽どき

野遊のポケットの手を出したまへ

旧道の大き碑初蛙

水温む犬はきりりと尾を巻いて

いづこから見ても逆光春の鳥

歩きたく歩くべき道朴若葉

工房へ青葉時雨を浴びながら

梅雨の家ワイングラスに灯の溜まり

朝霧のなだるるごとし時鳥

万緑の吊橋を揺らすなよ君

引き上げて緑映れるプルトップ

朝朝の草引くみんな顔見知り

町川のとろりとありぬ凌霄花

ひと雨のありさうな風古簾

碧玉の一湖も秋に入りにけり

板の間にとる昼飯や秋はじめ

出し入れの引手が鳴つて迎へ盆

たわたわと秋の扇となりゐたる
四五台の停まりて光る野分かな

寝穢き人にも小鳥来てをりぬ

野あさがほ咲いて陶土を叩く音

文机にむかごの影の置かれけり

たまさかのけふ轟轟と落し水

榎の実珊瑚の色に散りにけり

また一つ傘が開きてやや寒し

柿たんと賜ひし冬に入りにけり

筥迫に押絵の鷹や七五三

鳥よりも迅きすずかけ落葉かな

灯のじわりとありし枯木宿

寄鍋や夜のむらくもの荒々し

埋火や面影一つづつ消えて

手焙りの釉のたらりと昼暗し
家裏のさびしくありし笹子かな

青空の滴りさうや枯木立

枯原にその名呼ばむとして忘れ

枯柏人のごとくに懐かしく

熱燗や八方にある名無し山

冬林檎剝けば夕べの月の色

干し物の影とぶ日脚伸びにけり

Ⅳ

餡ぱんの臍の紅色午祭

手庇のしばらくとらへ春の鷹

死ぬふりの蜘蛛を見てをりあたたかし

正面に観音山や雛の膳

眼裏に大き鳥くる桜かな

山吹の陰やたも網したたたらせ

暗がりに掃除機を置く春祭

東に首都ある亀の鳴きにけり

足組んで春が深しと思ひをり

悪相の鷗が四五羽夏近し

湖のいろ水木の花のはざまより

木の花の散るころ風の薫るころ
触れ合はす卯の花月のグラスかな

卯の花やケーキのあとのお煎餅

縄張つて明日筍掘るといふ

入口にいぼたの花と番犬と
二番子を連れ来し雀ながし吹く

青葉よりこぼれて雀忙しき

金銀花森に深入りしないこと

おほかみの覗きし淵か河鹿笛

山水はほとばしるもの夏燕

柴犬は小屋にこもりぬゆすらうめ
いづこにも人のたゆたふ蛍の夜

涼しさやボトルシップは帆をあげて

八月の向日葵貌の暗みつつ

見られつつ飛んでくるなりあぶれ蚊は

あかりさん

婚成つて傘に蜻蛉の止まりさう

萩こぼす風はありけりはけの道

秋の川珠紫陽花にしぶきたる

みそはぎや胸に棲むこゑひとつある
むささびの穴の下なる秋祭

マスカット盛られ大きな雨の窓

落柿の音に此度も驚きぬ

柿照りて二三干しある男物

友禅に騎馬武者三騎冬はじめ

しろだもの花よ冬日のやうな花

椿象の真青きが来る冬の卓

人払ひして搗きあげし餅とほす

大鍋の蓋あく落葉降る音に

冬麗や昨夜の星の見えさうな

先頭の大いに戻る絵双六

V

まんさくの散って百姓一揆の絵

バス少し待つてくれたる春の雪

薄ら日やにはとこの芽のふつさりと

土筆摘む音やしばらく耳澄んで
永き日を隠るるごとく庭仕事

目借時立てば頼まれたる用事

エリーゼのために薔薇の芽が窓に

夕空に燕が散るよ小買物

死者のこゑ満ちゆく蕨折りにけり

前山の扇開きに夏来る

緑さすケーキに入るるナイフにも

若葉眩しくタクシーに手を上げて
何処より呼ばるる我か更衣

猫じつと外を見てゐる緑雨かな

これもまた雨に散るものの栗の花

森青蛙こんなに暗き水に棲み
苔青し夢の始まりかもしれぬ

きりぎしや百合の蕾のたわたわと

ふた家族入れて賑やかか夏座敷

たとふれば炎心の色夏果つる

新涼の踏み分け径を泉まで

魚影のはらはらとゆく秋日かな

角帯に挿したる笛や在祭

たけなはの秋の祭を背にす
人去れば蟋蟀は翅立てにけり

扇面に竹と雀や冬浅し

冬桜ほどのにぎはひ山の茶屋

何を食む冬の猿よ屋根の上

山茶花のハートが散るよ鯉の口

まなかひに崩落の山十二月

円居とはかくストーブの燃えさかり

節分の影ゆたかなる林かな

新しき湯呑が二つ日脚伸ぶ

Ⅵ

朧より抜けきて座るからだかな

街道を下ると家や桃の花

マスクして目元うるみぬ柳の芽

会はずゐてだんびら雪といふが降る
地虫出づドアの把手をひと拭ひ

家ごもりの人々に花散ることよ
このところ亀鳴くことの多かりき

御社の塗りたてられし樫の花
雨に窓ひらいてありぬ時鳥

卯の花のこぼるる獣道縦横

六月のこんな雨にも歩き出す

初蟬に照り翳りせる杉の山
くちなはのきらきらと道過りけり

登山宿ボイラーをはや焚きつけて
とうすみの影より淡き翅を閉づ

吹き降りの雨にも鳴るよ軒風鈴
みちのくと聞けば涼しくなりにけり

夜鷹鳴く腓返りに効く薬

濁声のなにかが鳴いて野分跡

昼の虫ほのぼのと径残りたる
群れ咲くは俑のごとしや曼珠沙華

猫の顎掻いてやりたる夜長かな

食べて寝て痩せてゆく猫草の秋

つゆけしや夕暮れの声捨てに出て

月の出や叩いてならす蕎麦枕

邂逅の君踏むなそこ鹿の糞

秋江や火の匂ひして人のゐる

それぞれのいそしむ稲を架けにけり

破案山子打たれ強くはなささうな

天泣のはつかな音も冬隣

靴履いて出づるうどん屋冬浅し

裏山のあれば笹子が鳴いてをり

小祠に茶碗転けたる小六月

老猫にきせてやりたや負真綿

尾で応ふる猫よ十二月の窓よ

凍つる夜をみひらきしまま逝きにけり
いつか会ふ霜晴の日々重ねつつ

大榾をくべてこの頃海を見ず
走り根をまたげば年を越すごとし

初晴にして干し物をはばからず

かぐはしき道に出でけり寒の入

粥柱つまめば伸びてまだ眠し

お三どんてふをしてをり日脚伸ぶ

Ⅶ

万の枝けぶらふバレンタインの日

スプリング・エフェメラル木洩日の花

あなたには聞こえぬ亀の鳴きにけり

茎立の菜を茹でやはらかきこころ

懐に犬が貌出す梅見かな

聴きとめて巣箱に鳥の入る音
はたねずみなども飼はるる春の園

開け閉ての引戸が三つ雛の家

通らせてもらふ庭先山椒の芽

リラの雨それでも八九人は来て
蟇穴を出でて花びら浴びにけり

春禽のなきがらに何詫ぶるべき
摘めば指刺して早乙女苺かな

水木咲く端的に物申されよ
満目に風出でにけり花棟

恙なき叔母のこゑ聞くさくらんぼ

岩煙草たたなはるとは此のこと

滑落はせじ筒鳥のころぽぽと

夏の夜や照らせば鹿の目のあまた

草引いてある明らかに住んでゐる
うまくないけどとくださる真桑瓜

水槽に日の差す時間小鳥くる

鳥渡る風の小草を摘む人に

山の墓なれど供華あり風の秋

鶏頭や物陰多き家に住み

塗り椀も箸も古びぬ秋ともし
濯ぎもの金木犀の風に干す

葵さん

相逢うてともに芒のやうな髪

摘みくれし秋草蟻をこぼしけり

颯君

秋水に幼な子の名を訊きかへす

葦のこゑ聴かむとすれば橋に人

鹿狩の傾げて停める車かな

猪罠の中も荒草生ひにけり

魂抜けし冴返りぬ今朝の冬

花柊うつむきて貌失へる

暮れ初むる湯気立てといふ淋しさに

茶の花のほろりと蜂の移りたる

冬眠の守宮をこぼす薪かな

寒禽のすぐそこにくる朝御飯

ダムを見て寒さの底にゐるらしき

箔押しのしろがね色や春隣

Ⅷ

左手より右手老いにけり寒の明

金縷梅に顔集まつて来たりけり
柃の花の香君を驚かす

芽起しの雨か冷たき雨なれど

春窮やなぞへに散れる猿の群

羊歯萌えて杉の切口積まれあり

芹摘んでをると応へし橋の下

空のせてゐる家々や水温む

雨に声こぼしゆきたる燕

蠅生れてたちまち君に憎まるる

春泥のここより熊の鈴鳴らせ

藪漕ぎの陽春の野に出でにけり

かつて宮ありし容に春の木々

蔵がありり井戸がありり白梅が散り

三椏や物置に闇ぎつしりと

春深きところに在し山の神
巣箱からけふも見られてゐるやうな

遅き日のふと立ち壁の絵をはづす

夕蛙約束いくつ果たせるか

春宵の我にうつすら絡み癖

机上とは茫漠として春の行く

ひとしきり車のとほり夏はじめ

実桜や道より低きトタン屋根

木登りの帽子落とすなほととぎす

木登りに投げてやらうか缶ビール

朝風や水恋鳥を聴きに出て

南天の咲けば蜘蛛の囲華やぎぬ

ひんやりと置かれてありぬ柏餅

起きてきて青葉の雨に声こぼす

隣家に朝の灯がつく半夏生

木の花のこぼれ止まざる泉かな

山霧のところどころの青山椒

昔日や鏡の奥に蜘蛛が住み

草滑りゆきしはくちなはか風か

闇淡きところ蚊遣火置くところ

家籠りの小窓開きたる金木犀
木犀の二度咲く置き配のごとり

鳩吹けばさすらふ熊も耳たてて

刷新といふ思ひあり水の秋

皂角子やふいの言葉が胸打つて
赤い絵の掛けてありたる冬隣

醒めぎはの夢かポポーの黄葉散り
そこにゐるはずの人呼ぶ冬はじめ

冬満月雪白の猫夢に来よ

北風へ出づ拳なら二つある

珈琲の冷めて寒空映しけり

極月のいつも日当る向う岸

如何にせむあなたに止まる冬の蠅

Ⅸ

宮の木は星を抱きぬ寒の明

聴き洩らすたびに初音と思ひたる
山彦の落してゆきし椿かな

おとなへば灯してくれし雛の間

からたちの花や雨脚つまびらか

山鳴りの禍々しさよ雛の頃

幾万の蝌蚪に歯があり恐ろしき

足裏に響ける水や猫目草

木苺の花珊珊と風の来て

竹散るやウッドデッキに物干して
五月病かも水槽にある夕景

髪切れば耳の尖れる青葉かな

踊り場はもつとも緑さすところ

紫陽花に隣れる傘をひらきけり

連れ立ちて緑雨の窓に映りゆく

深々と雨の青葉の中の椅子

青蛙然うなら然うと云へばよく

ほうたるを待つ横顔に加はりぬ

夏暖簾働く人のみな若く

杉山のけぶれるごとし氷菓子

そのむかし小店商ひ金魚草

鳥はづみゆく酸漿の花こぼれ

亡き人と聴く七月の蜩は

鹿の斑も山百合の斑も濡れてゆく

苔の花涙をためてゐるやうな

呼びごゑの谺しさうや松蘿

いかづちや怒りに値するか否

戦ぎをるものの一つが蛇の舌

古うちは灯影の外に置かれけり

いつからが夕暮れなりし梨を剝く
面差しや野菊へかがむ優しさの

椨の実のさらさらと文月来る

その奥の滝の白さや葛嵐

盆の路刈り払はれて渇ききり
送り火やはたはたと来る山の雨

鯛やamazonで買ふ熱冷まし

徒渡る投網の人や草の絮

灯ともして屋台出てゐる千草かな

悉く秋草や汝に名を問はれ

手を止めて妻恋ふ鹿の声といふ
轟けることもありけり秋の声

思はざる傷の深さよつづれさせ

颯々と二百十日の獣道

秋の蜘蛛神さびの威を張りにけり

碧玉の眼をもち秋草に縋る

泪夫藍や山羊が子どもの声で鳴き

秋入日束の間稜線を溢れ

シロップを琥珀に垂らす豊の秋

よく軋む椅子にをりたる良夜かな

爽やかに車寄せたる車寄せ
女王蜂見送る空もさやけしや

山茶花やチーフのやうに咲く

木の葉降る音に驚くきのふけふ

草を踏む獣それとも朝時雨

杉の香のこもつてゐたる初氷

雀色時ストーブの炎の澄んで

峡の日の止めがたさよ榾を足す

あとがき

『万の枝』は、『草の王』以後九年間の作品を収めた第四句集である。新型コロナウイルス感染症の世界的流行を経て、ようやく対面での句会が復活し、「椋」誌もこの秋には創刊二十周年を迎える。私も、この句集を一つの区切りとしたかった。

この句集の作品はすべて椋の句会の場で作ったものである。コロナ禍の長かった自粛期間も、会員同士知恵を合わせてすべての句会を続けて来られたことを誇りに思う。

二〇二四年、腐草蛍となりし日に

山雀亭　石田郷子

著者略歴

石田郷子（いしだ・きょうこ）

1958年　東京生まれ
1986年　「木語」入会、山田みづえに師事
1997年　第一句集『秋の顔』にて第20回俳人協会新人賞受賞
2004年　「木語」終刊にともない、「椋」を創刊

句集に『秋の顔』『木の名前』『草の王』（ふらんす堂）、著書に『名句即訳蕪村』『名句即訳芭蕉』（ぴあ）『今日も俳句日和』（角川学芸出版）『季節と出合う　俳句七十二候』（NHK出版）、編著に『俳句・季語入門』全五巻（国土社）、監修に『美しい「歳時記」の植物図鑑』（山川出版）など

「椋」代表、「星の木」所属、俳人協会会員、日本文藝家協会会員

現住所　〒357-0112　埼玉県飯能市下名栗745-5

句集　万の枝　まんのえだ　椋叢書40

二〇二四年九月一八日　第一刷

定価＝本体二七〇〇円＋税

●著者――石田郷子

●発行者――山岡喜美子

●発行所――ふらんす堂

〒一八二―〇〇〇二東京都調布市仙川町一―一五―三八―二F

TEL〇三・三三二六・九〇六一　FAX〇三・三三二六・六九一九

ホームページ https://furansudo.com/　E-mail info@furansudo.com

●装幀――和兎

●印刷――日本ハイコム㈱

●製本――㈱松岳社

ISBN978-4-7814-1686-1 C0092 ¥2700E